¿Qué hacemos hoy?

Ray Gibson

Diseño: Amanda Barlow
Ilustraciones: Amanda Barlow,
Chris Chaisty y Michaela Kennard
Fotografía: Howard Allman
Directora de la colección: Jenny Tyler

Índice

Traducción: Margarita Cavándoli

¿Qué puedo dibujar?

Índice

Dibuja un cerdo

1   2   3   4

5   6   7   8

Cerdo tumbado

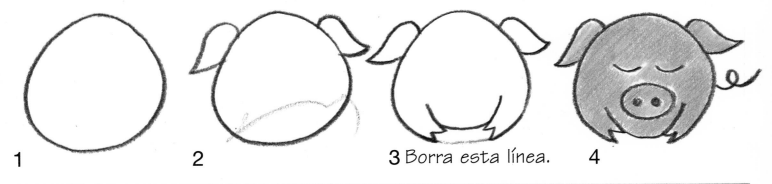

1   2   3 Borra esta línea.   4

Cerdo de perfil

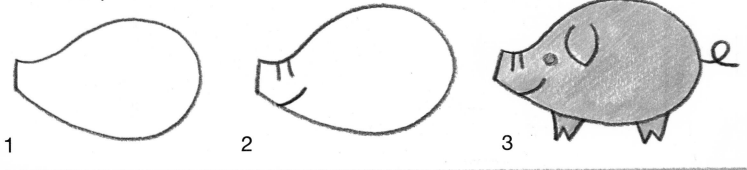

1   2   3

Escena de la familia porcina

Dibuja las flores que más te gusten. Éstas son tulipanes.

Para las hojas de lechuga haz trazos verdes ondulados.

Las púas verdes representan la hierba.

Las líneas marrones onduladas representan la tierra.

¿Qué tal si dibujas… unos cerditos comiendo?

Dibuja un monstruo marino

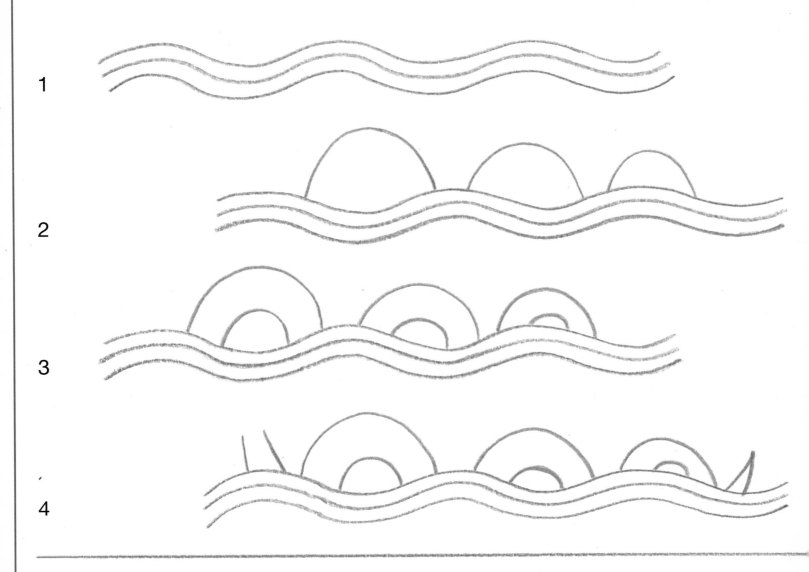

1

2

3

4

Una batalla de monstruos marinos

Utiliza el azul claro para colorear el cielo.

Gotas de agua

Utiliza una hoja de papel grande y apaisada.

5

6

Decora el cuerpo del monstruo.

7

Dibuja una nube.

Dibuja dientes afilados.

¿Qué tal si dibujas... un monstruo atacando un barco?

Dibuja un caracol

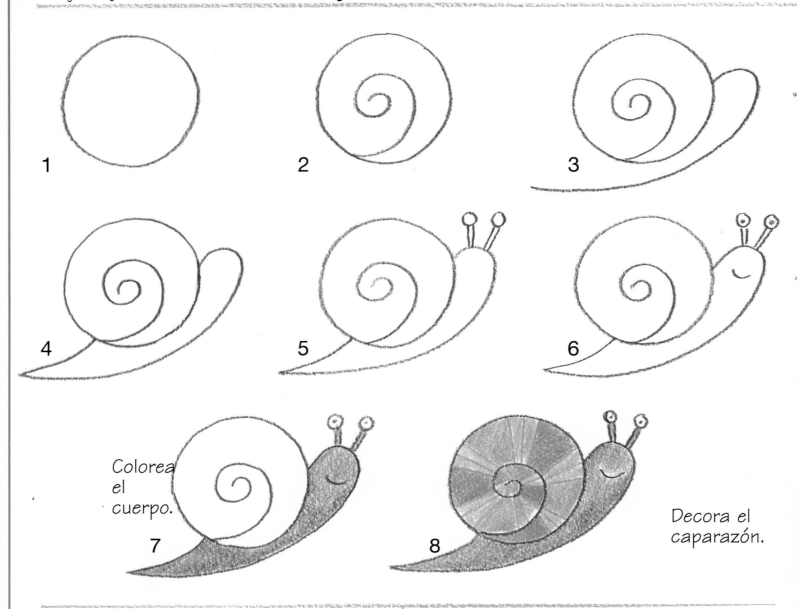

1

2

3

4

5

6

Colorea
el
cuerpo.

7

8

Decora el
caparazón.

Dibuja las crías

Dibuja algunos pequeños
caracolitos.

Decora los caparazones
con colores diferentes.

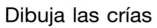

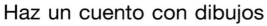

Haz un cuento con dibujos

1

2

3

Dibuja
caracoles
sobre
una flor.

Añade la
hierba y
algunas hojas.

Con la boca
abierta

La hoja
mordida

4

5

6

¿Qué tal si dibujas... diferentes caracoles?

Dibuja un cohete espacial

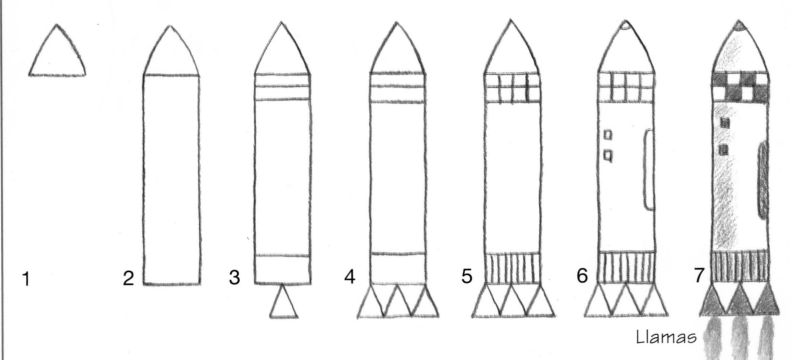

1

2

3

4

5

6

7

Llamas

El lanzamiento de un cohete espacial

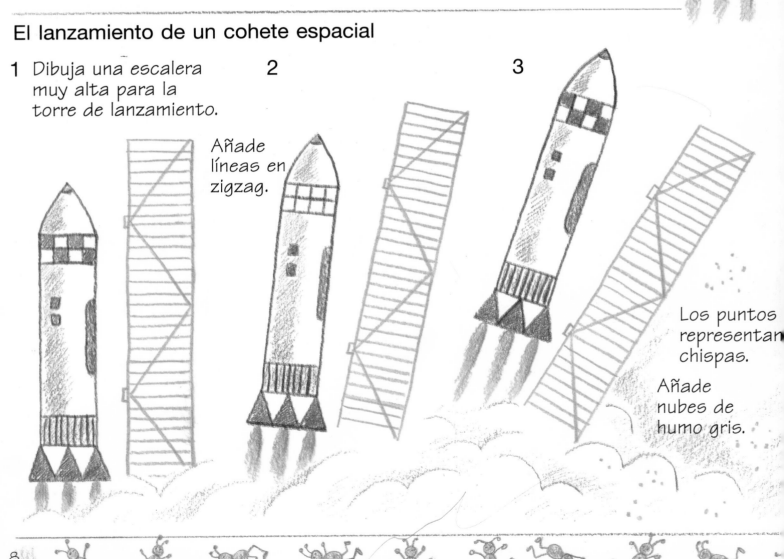

1 Dibuja una escalera muy alta para la torre de lanzamiento.

2

3

Añade líneas en zigzag.

Los puntos representan chispas.

Añade nubes de humo gris.

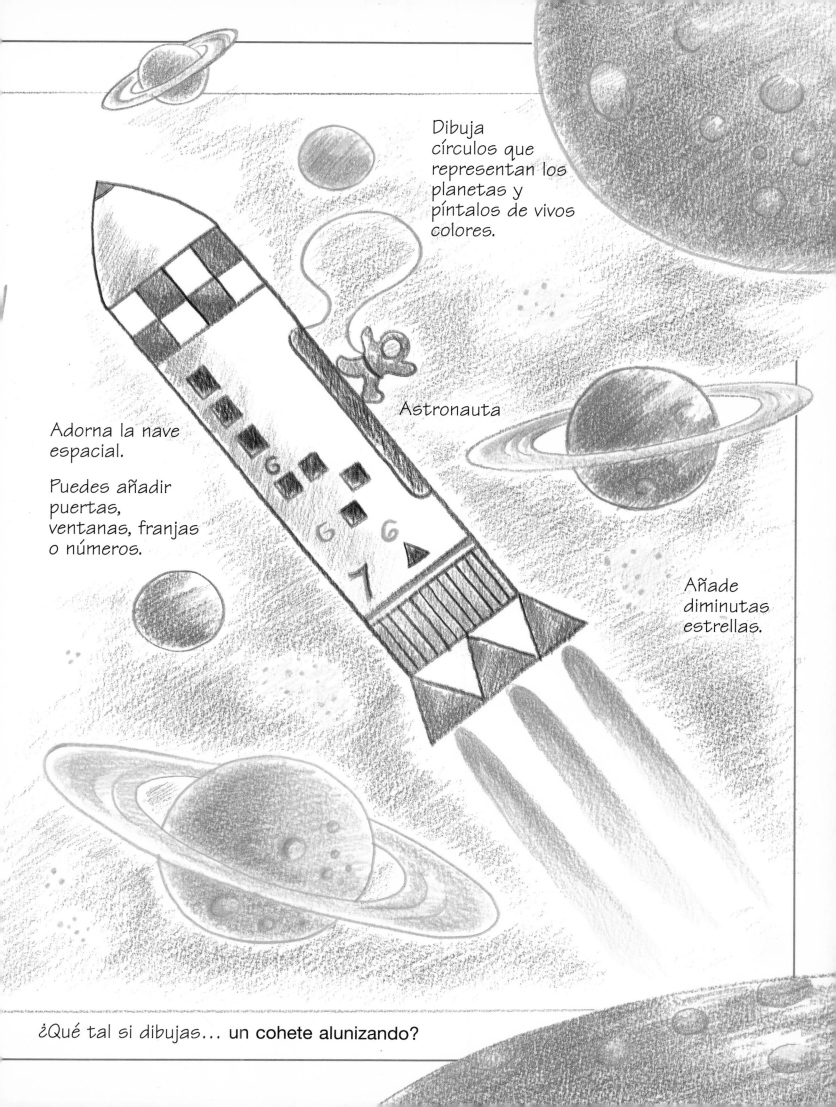

Dibuja círculos que representan los planetas y píntalos de vivos colores.

Astronauta

Adorna la nave espacial.

Puedes añadir puertas, ventanas, franjas o números.

Añade diminutas estrellas.

¿Qué tal si dibujas… un **cohete alunizando**?

Dibuja un búho

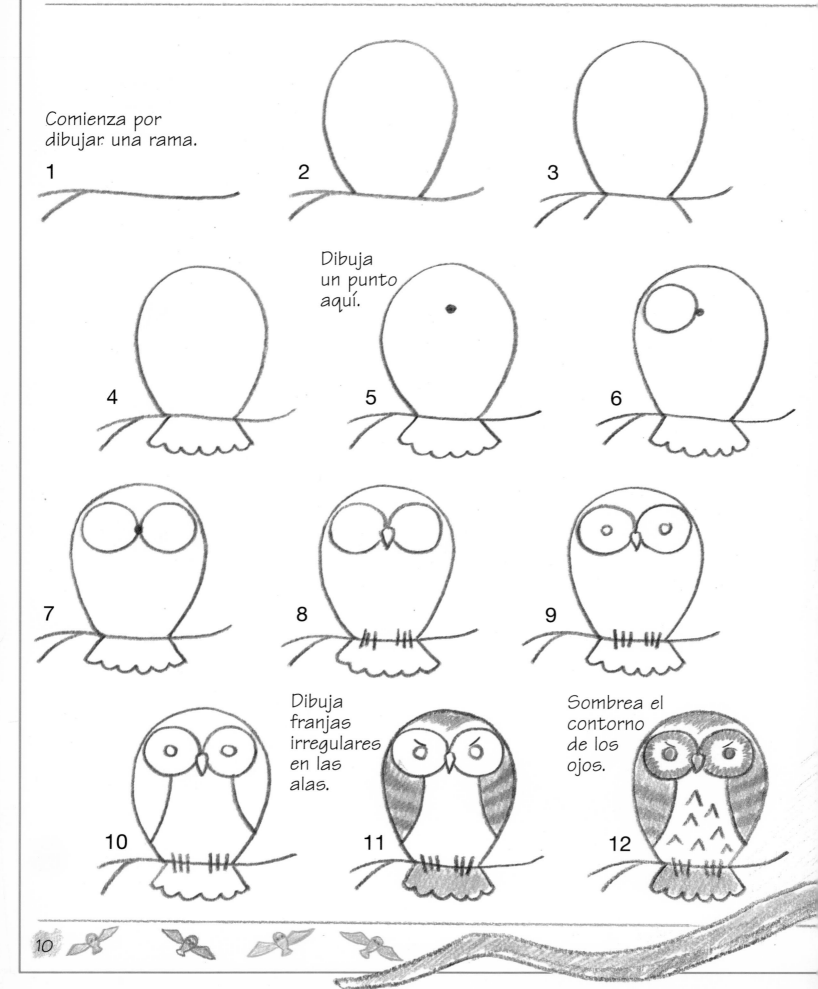

Comienza por dibujar una rama.

1

2

3

4

Dibuja un punto aquí.

5

6

7

8

9

10

Dibuja franjas irregulares en las alas.

11

Sombrea el contorno de los ojos.

12

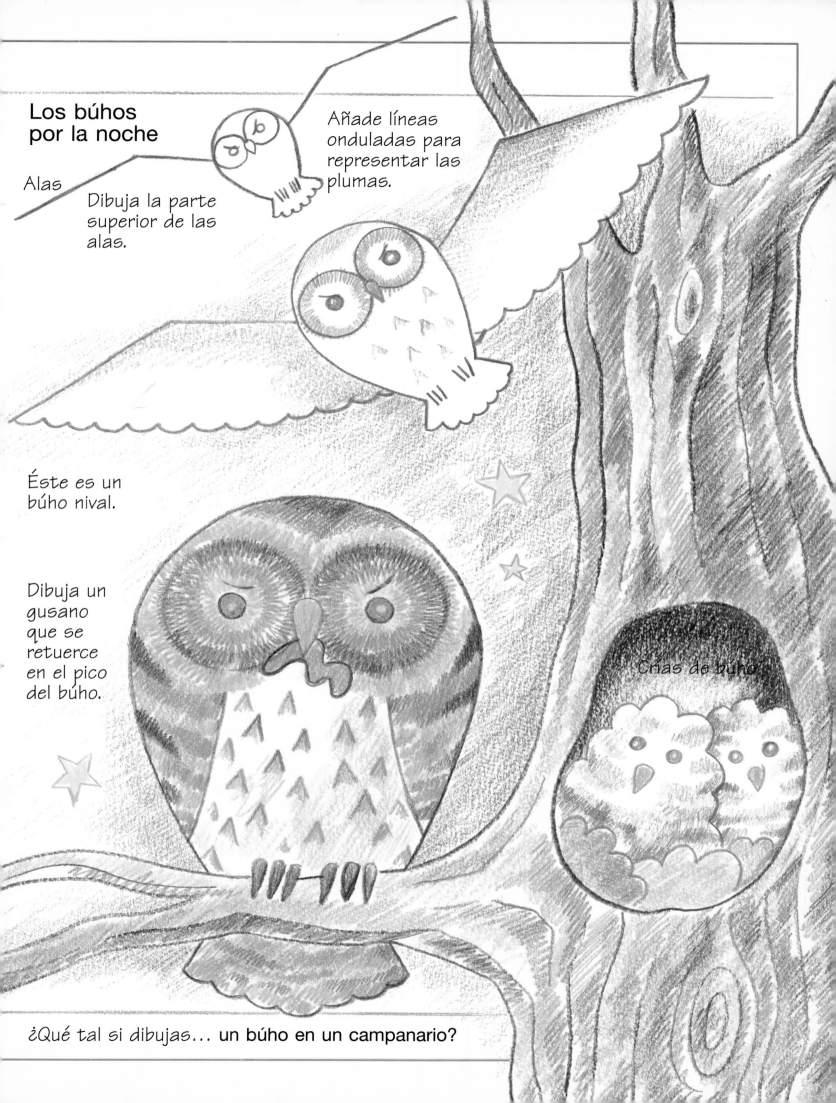

Los búhos por la noche

Alas

Dibuja la parte superior de las alas.

Añade líneas onduladas para representar las plumas.

Éste es un búho nival.

Dibuja un gusano que se retuerce en el pico del búho.

Crías de búho

¿Qué tal si dibujas… un búho en un campanario?

Dibuja un submarino

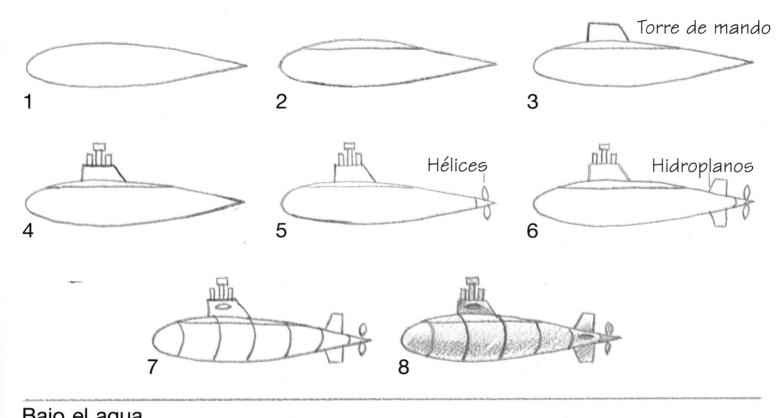

1

2

3 Torre de mando

4

5 Hélices

6 Hidroplanos

7

8

Bajo el agua

Dibuja una batalla con un pulpo gigante y añade animales marinos, conchas y algas.

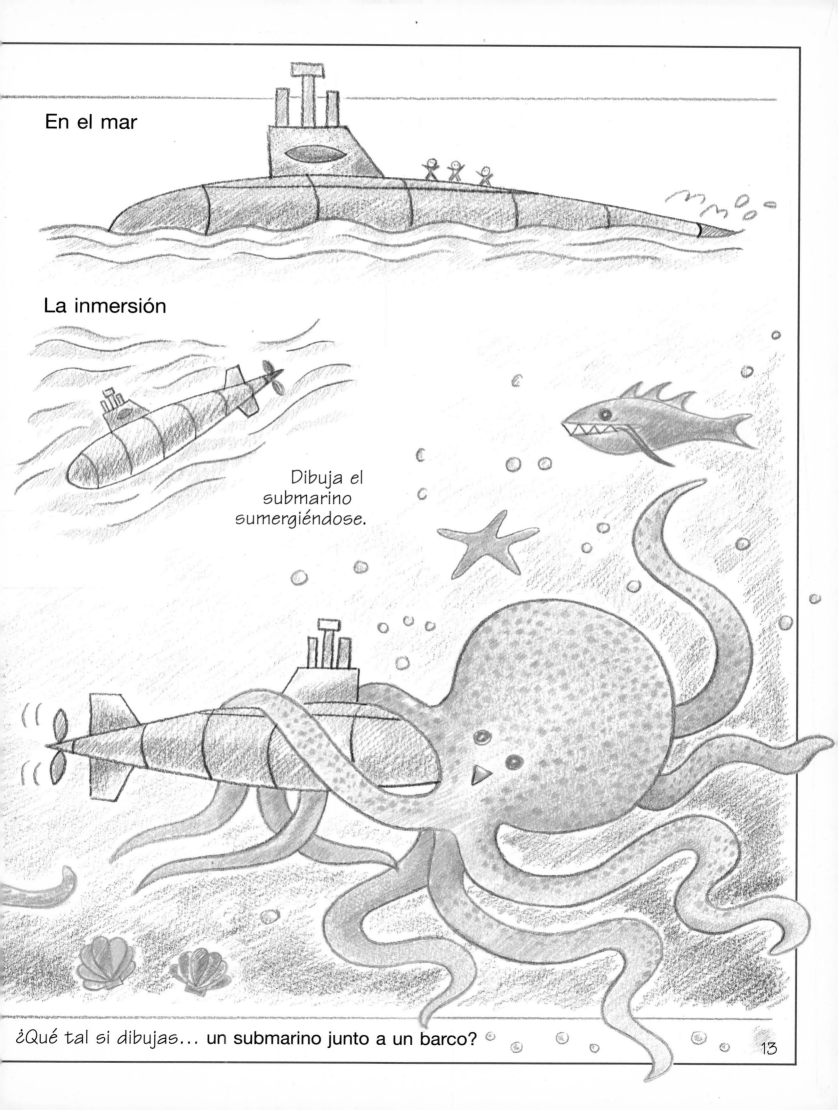

En el mar

La inmersión

Dibuja el
submarino
sumergiéndose.

¿Qué tal si dibujas… un submarino junto a un barco?

Dibuja un tigre

1

2

3

4

5

6

7

8

9

10 Borra las líneas que no necesites.

11 Colorea el cuerpo, pero deja algunas manchas blancas.

12 Añade franjas irregulares.

14

Tigre dormilón

Tigre saltarín

Dibuja un
árbol en el
que el tigre
pueda tumbarse.

¿Qué tal si dibujas... varios tigres al acecho?

15

Dibuja un mago

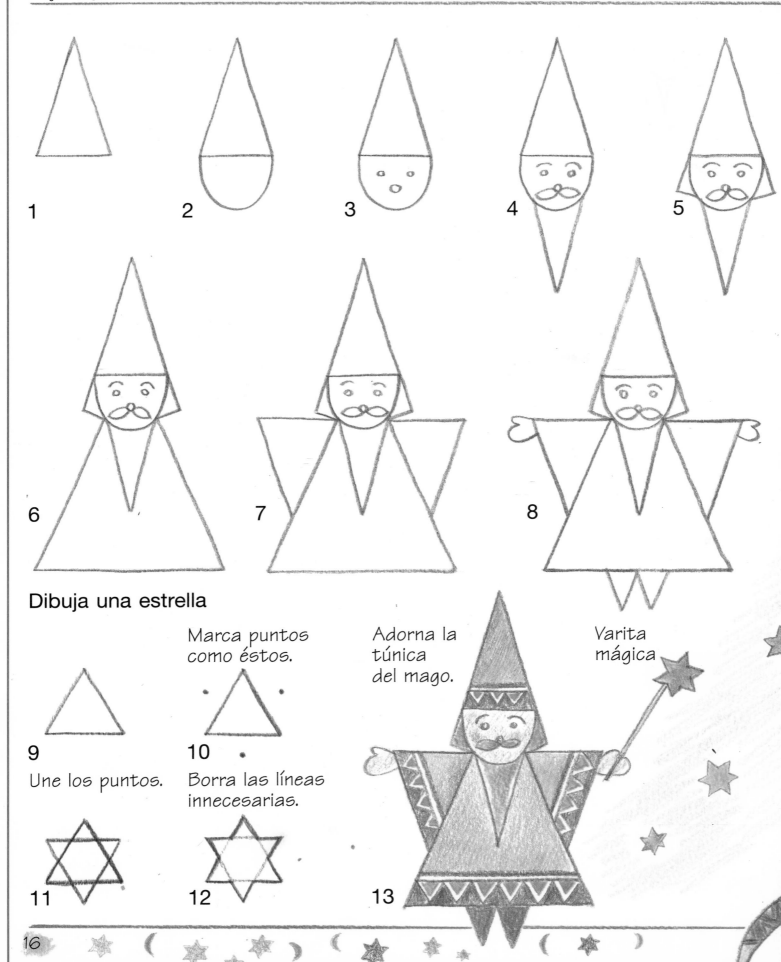

1

2

3

4

5

6

7

8

Dibuja una estrella

Marca puntos como éstos.

Adorna la túnica del mago.

Varita mágica

9

10

Une los puntos.

Borra las líneas innecesarias.

11

12

13

Dibuja varias estrellas para que se sepa que el mago realiza un encantamiento.

Libro de encantamientos

Serpiente

Caldero

¿Qué tal si dibujas… una fiesta mágica?

17

Dibuja un helicóptero

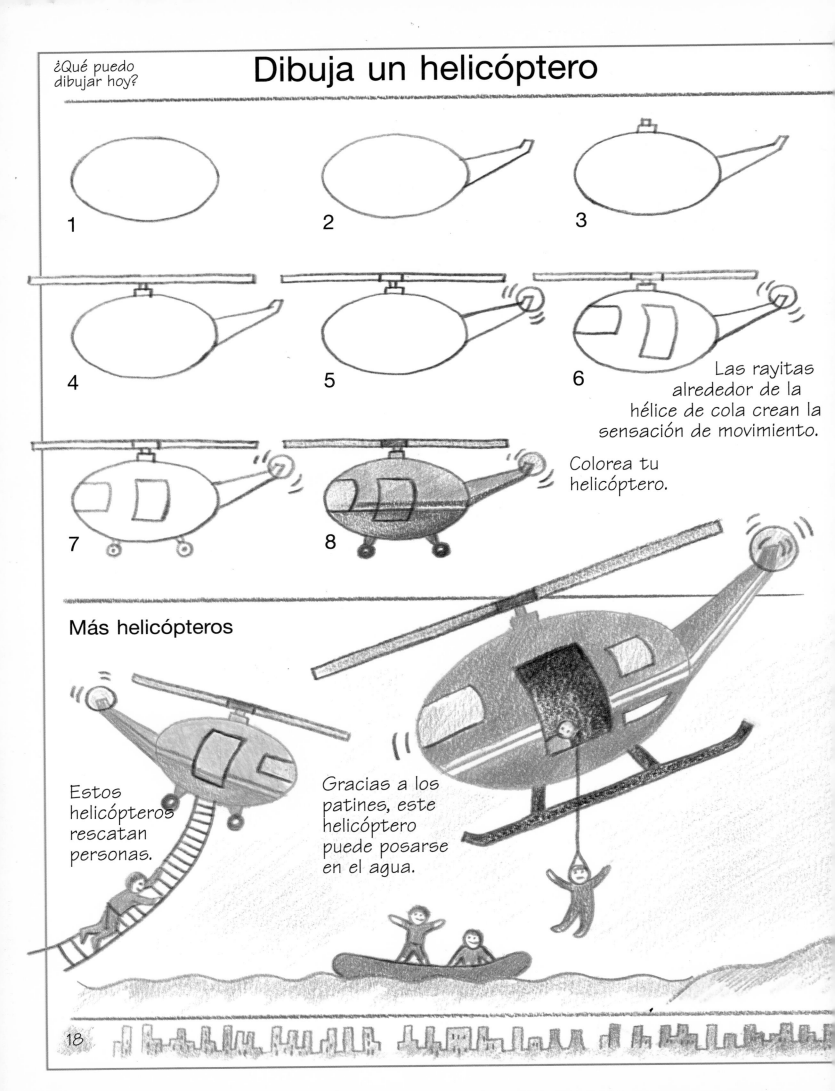

1

2

3

4

5

6 Las rayitas alrededor de la hélice de cola crean la sensación de movimiento.

7

8 Colorea tu helicóptero.

Más helicópteros

Estos helicópteros rescatan personas.

Gracias a los patines, este helicóptero puede posarse en el agua.

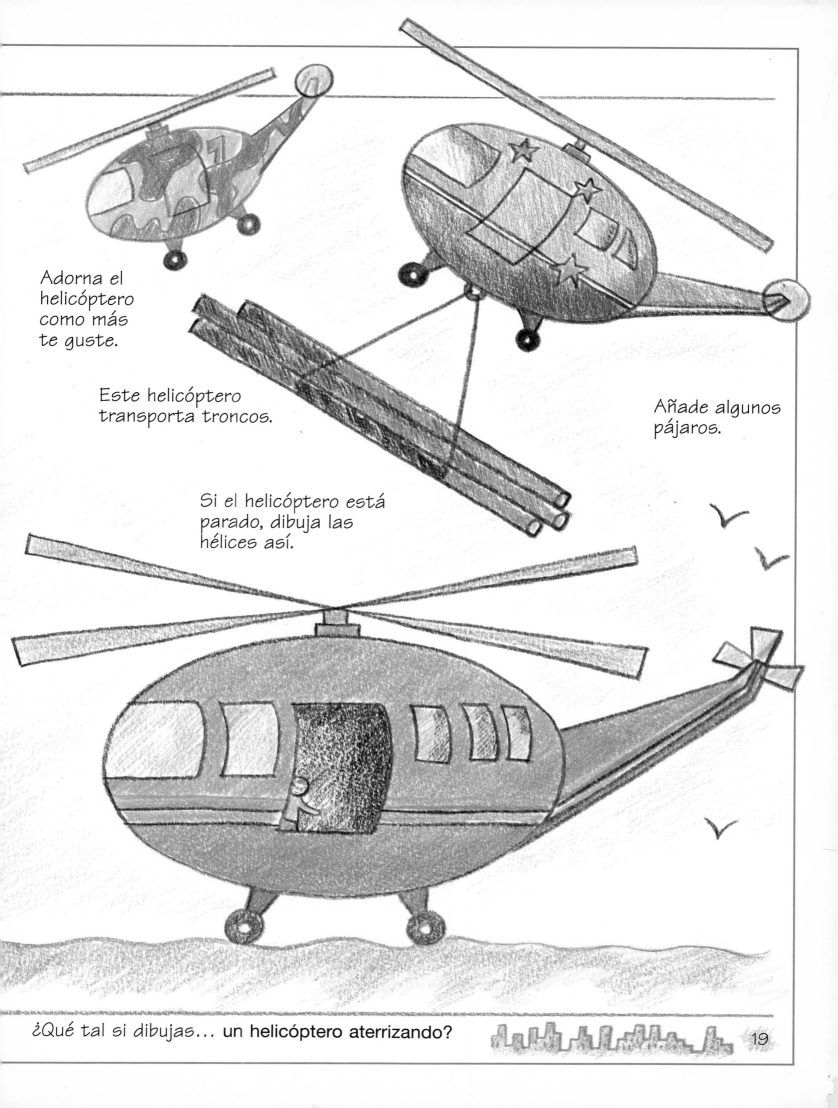

Adorna el helicóptero como más te guste.

Este helicóptero transporta troncos.

Si el helicóptero está parado, dibuja las hélices así.

Añade algunos pájaros.

¿Qué tal si dibujas... un helicóptero aterrizando?

Dibuja un gato

Gato dormido

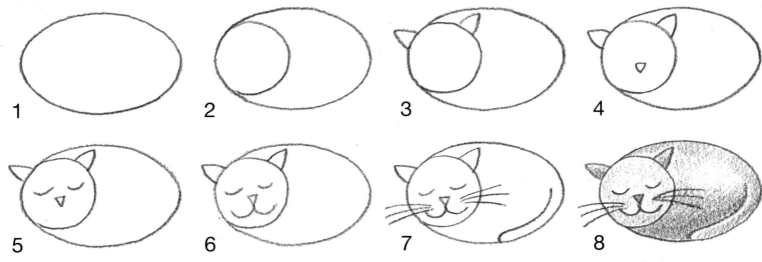

1
2
3
4

5
6
7
8

Gato en pie

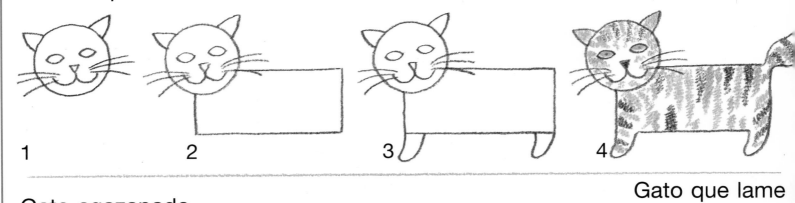

1
2
3
4

Gato agazapado

Gato que lame

1

En primer lugar, dibuja el cuerpo a lápiz.

2

Borra un extremo y dibuja la cabeza.

Añade la lengua y el cuenco con leche.

3

Gato sentado

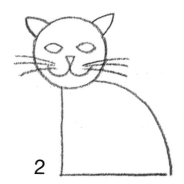

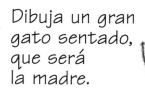

1 2 3 4

Familia gatuna

Dibuja un gran
gato sentado,
que será
la madre.

¡No
olvides
las
colas!

Gato comodón

Dibuja el gato que duerme
sobre el almohadón.

Dibuja los gatitos y añade
las dos patas debajo
de cada cabeza.

Dibuja una caja para los gatitos.

Qué tal si dibujas... un gato en el tejado... o cazando un ratón?   21

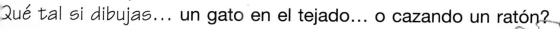

Dibuja círculos

Intenta dibujar círculos. Si te resulta muy difícil, sigue con el lápiz el borde de una taza o cuenco.

La comida

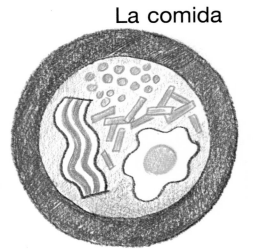

Peces

Muñeco de nieve

Petirrojo

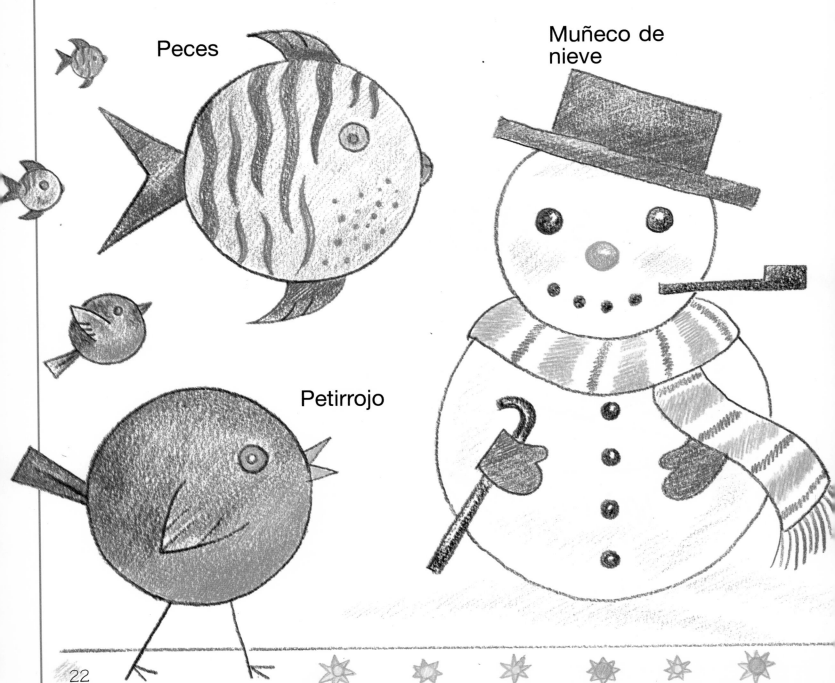

Manzana

Reloj

Globo

Ratón

León

Dibuja un payaso

1

2

3

4

5

6 Borra esta línea.

7

8

Haciendo payasadas

Puedes dibujar los brazos en posiciones distintas.

Decora el payaso como más te guste.

Añade varias bolas y tendrás un payaso malabarista

24 ¿Qué tal si dibujas... un circo?

Dibuja una bailarina

1

2

3

4

5

Borra esta línea.

6

7

8

9

La bailarina real

Un castillo lejano

Ponle una corona.

Adorna el vestido.

¿Qué tal si dibujas... un baile de sociedad?

25

Dibuja un osito de peluche

¿Qué puedo dibujar hoy?

1 2 3 4 5

6 7 8 9

Osito paseante

Borra las líneas que no necesites.

Osito sentado

Borra las líneas que no necesites.

Osito chillón

Dibújalo con la boca abierta.

26

La merienda de los ositos de peluche

Los ositos en pleno juego

Añade espirales para que el pelaje parezca rizado.

Sombrea para que el pelaje parezca liso.

¿Qué tal si dibujas… los ositos en una piscina?

Dibuja un castillo

Deja varios huecos aquí.

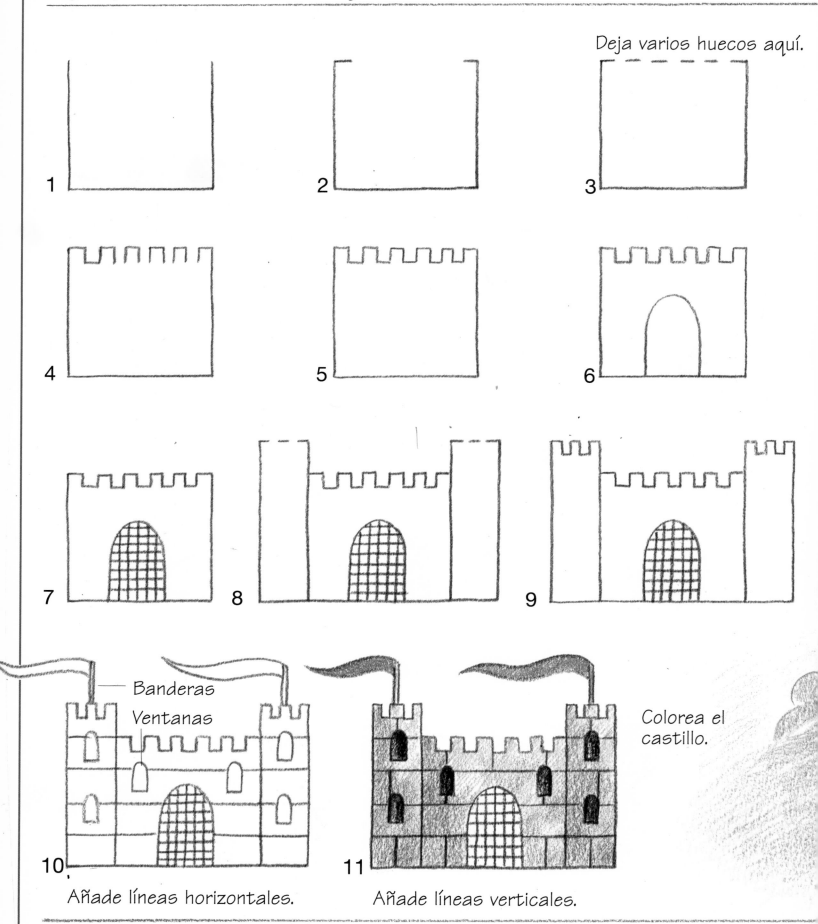

1

2

3

4

5

6

7

8

9

Banderas

Ventanas

Colorea el castillo.

10

Añade líneas horizontales.

11

Añade líneas verticales.

El castillo en llamas

Llamas rojas y anaranjadas.

Añade nubes de humo.

Dibuja las llamas en la misma dirección.

Las líneas onduladas azules representan el foso.

Cubos de agua.

¿Qué tal si dibujas... un castillo en medio de una tormenta?

29

Dibuja una camioneta

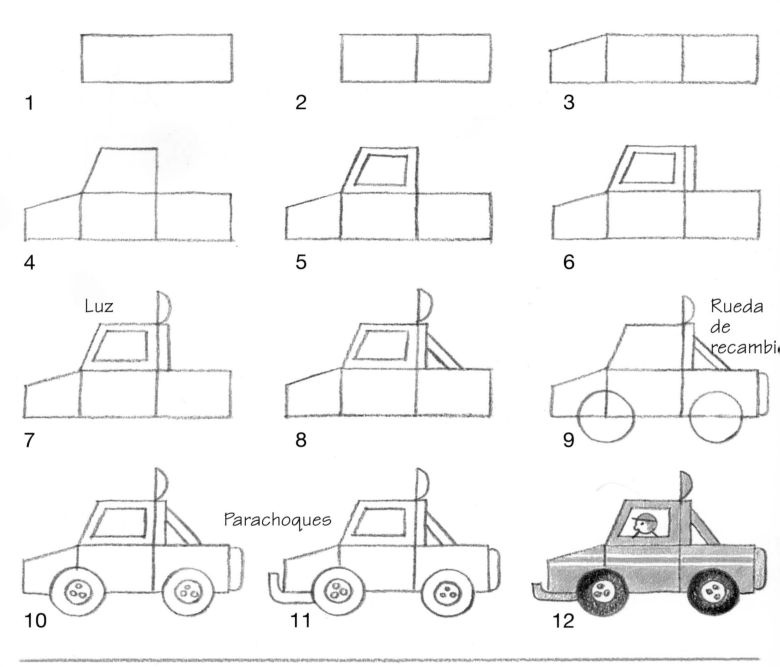

1

2

3

4

5

6

Luz

7

8

Rueda de recambi

9

Parachoques

10

11

12

Vista delantera

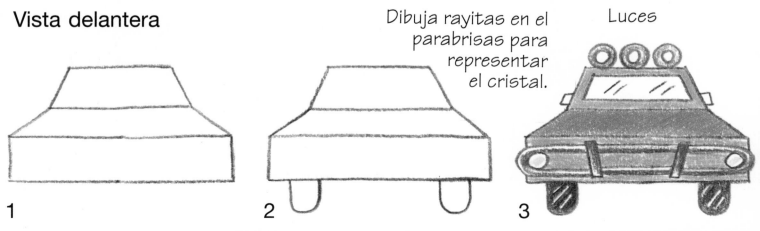

Dibuja rayitas en el parabrisas para representar el cristal.

Luces

1

2

3

Dibuja un coche

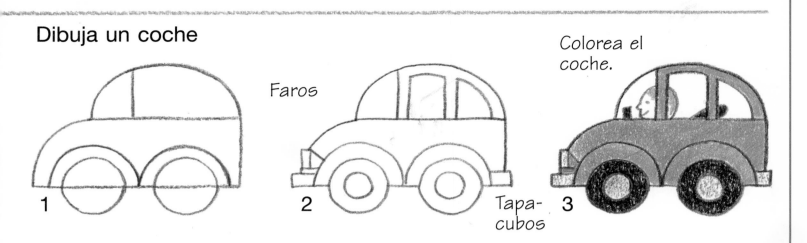

Faros

Colorea el coche.

1

2

Tapa-cubos

3

Camionetas trabajando

Dibuja una camioneta que arrastra el coche caído en el lago.

Añade el paisaje.

Las camionetas pueden subir escarpadas pendientes.

¿Qué tal si dibujas... una camioneta rescatando un coche?

Cosas que puedes hacer con tus dibujos

Marcos

1

2

3

Escoge un papel o un cartón un poco más grande que el dibujo.

Extiende una ligera capa de pegamento en el reverso del dibujo. Céntralo en el papel o el cartón.

Con las manos limpias, alisa el dibujo y adhiérelo.

Marcos elegantes

Forra el marco con papel de regalo.

Recorta el marco con la tijera y hazle el borde ondulado.

Adorna el marco con un sencillo estampado.

Decora el marco con purpurina o ponle brillantes estrellas adhesivas.

Haz una tarjeta con forma

Dobla un trozo de cartulina por la mitad. Pega el dibujo junto al pliegue. Sin extender la cartulina, recorta el contorno del dibujo, cerca del borde.

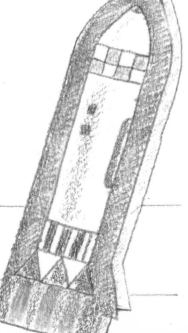

¿Qué puedo pintar?

Índice

Pinta un loro

1. Pinta el cuerpo como muestra la ilustración.

2. Imprime las huellas de las manos a ambos lados para hacer las alas.

3. Pinta la cola y añade las puntas de las alas.

4. Pinta la cabeza.

5. Añade el pico, los ojos y las patas.

6. Pinta los extremos de las alas y la punta de la cola.

Si te apetece pintar un loro posado en una rama, imprime la huella de la mano inclinada.

Pinta el resto del loro como el anterior.

¿Qué tal si pintas... unos loros posados en una rama?

Para hacer un fondo frondoso, pinta el lado más resistente de la hoja de una planta y, antes de que se seque, presiona sobre el papel.

Pinta un gato en una alfombra

1. Con un lápiz de cera, dibuja la cabeza del gato cerca de uno de los lados del papel.

2. Ahora dibuja el cuerpo. Añade la cara, los bigotes y la cola. Repasa las líneas.

3. Con un lápiz de cera de otro color, dibuja un rectángulo grande alrededor del gato y decóralo con rayas y estampados.

4. Ahora pinta el gato con pintura negra aguada y así se destacará el contorno del animal.

5. Pinta el fondo de la alfombra de diferentes tonos. Los estampados y las rayas resaltarán.

6. Con un lápiz de cera, colorea los flecos de la alfombra para terminar la pintura.

Podrías utilizar un solo tono para las rayas y los flecos de la alfombra.

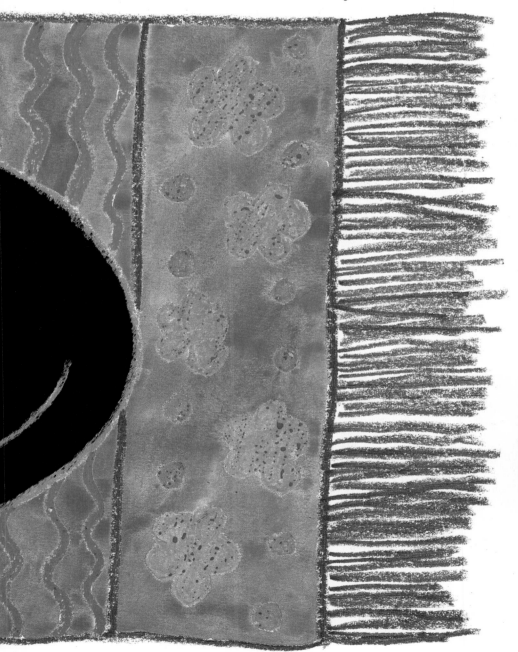

Un gato en la hierba

Dibuja el gato con un lápiz de cera amarillo. Pinta flores a su alrededor. Pinta el cuerpo del gato de color naranja y las flores de verde.

Pinta un monstruo

1. Dobla el papel por la mitad. Marca bien el pliegue y ábrelo.

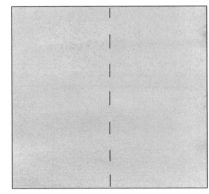

2. Con ayuda de un paño húmedo, extiende un poco de pintura azul para representar el cielo.

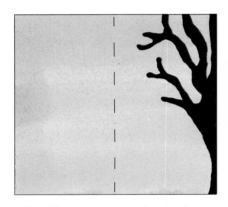

3. Pinta a un lado la mitad de un árbol. Antes de que se seque, dobla nuevamente el papel y presiona con firmeza.

4. Cuando lo abras, verás que hay árboles en los dos extremos del papel. Deja secar.

5. Pinta varias manchas en el centro del papel, como muestra la ilustración. Utiliza tonos …¡monstruosos!

6. Pliega el papel y presiona de nuevo. Ábrelo. Deja secar la pintura y añade los ojos y los dientes.

¿Qué tal si pintas... un extraterrestre?

Pinta un cuadro terrorífico

El bosque encantado

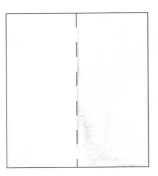 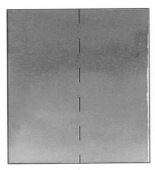  

1. Dobla el papel por la mitad. Marca bien el pliegue y ábrelo.

2. Con ayuda de un paño húmedo, extiende pintura roja y amarilla.

3. Pinta árboles a un lado con pintura negra aguada. Antes de que se seque, dobla y presiona el papel.

4. Cuando se seque, pinta... ¡ojos espantosos entre los árboles fantasmagóricos!

El dragón

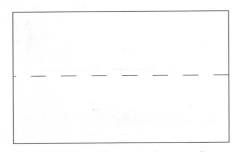 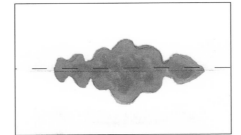 

1. Dobla el papel por la mitad, marca bien el pliegue y ábrelo.

2. Pinta varias manchas en el centro. Dobla nuevamente el papel y presiona.

3. Cuando se seque pinta la cabeza, las patas y la cola.

Ojos

Dientes

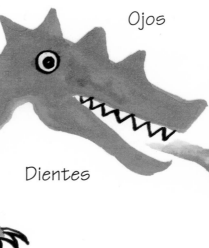

¿Qué tal si pintas... **un cocodrilo?**

Pinta pingüinos sobre el hielo

1. Con ayuda de un paño húmedo, extiende pintura blanca sobre un extremo del papel.

Hielo

2. De la misma manera, extiende pintura azul sobre el resto de la hoja.

Mar

3. Pinta de blanco papel transparente de cocina. Coloca el lado pintado sobre la hoja pintada de azul y presiona.

Mar helado

4. Retira suavemente el papel y repite la operación hasta que la zona azul de la hoja se cubra de manchas blancas.

Pingüinos

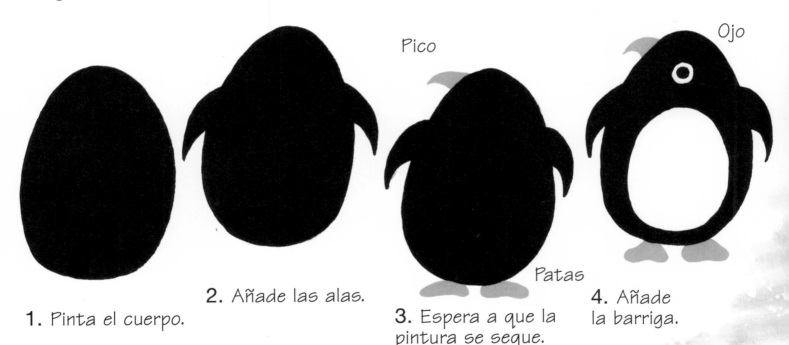

Pico

Ojo

Patas

1. Pinta el cuerpo.

2. Añade las alas.

3. Espera a que la pintura se seque.

4. Añade la barriga.

Peces

1.

2.

3.

42

¿Qué tal si pintas… patos en un estanque?

Pinta flores

Amapolas

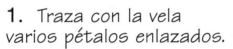

1. Traza varios pétalos
en espiral con una vela
de color claro.

2. Pinta las amapolas
como muestra la ilustración

Margaritas

1. Traza con la vela
varios pétalos enlazados.

2. Pinta las margaritas
como muestra la ilustración.

Tulipanes

1. Traza con la vela
pétalos verticales.

2. Pinta los tulipanes como
muestra la ilustración.

Capullos

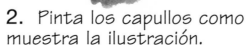

1. Traza con la vela
pequeñas espirales.

2. Pinta los capullos como
muestra la ilustración.

¿Qué tal si pintas… un sombrero con flores? 45

Pinta un camión

1. Toma una esponja rectangular y moja un extremo con pintura. Imprime el papel.

2. Estampa con cuidado dos rectángulos a los lados del primero.

3. Para el motor, estampa un cuarto rectángulo de lado, delante de los tres que ya has hecho.

Pinta una carretera con mucho tráfico

Intenta pintar muchos camiones, camionetas y autobuses.

Utiliza la cara grande de la esponja para estampar este camión.

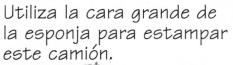

Para el autobús, utiliza el lado largo y estrecho de la esponja.

Este pequeño camión tiene tres ruedas.

Puedes añadir varias señales de tráfico.

4. Para la cabina del conductor, moja en pintura el extremo de una caja de cerillas y traza dos líneas.

5. Utiliza una patata cortada en redondo para pintar las ruedas. Estampa el faro con la ayuda de un corcho.

6. Para la carretera, moja papel arrugado en pintura gris y presiona debajo del camión.

Es muy divertido inventar tus propias señales de tráfico.

Pinta las ventanillas con el extremo de una caja de cerillas.

En la caja de cerillas estampa tres rectángulos en la parte delantera.

  ¿Qué tal si pintas... camiones en un transbordador?

Pinta una fogata

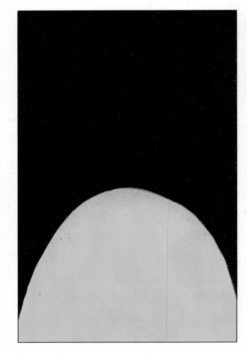

1. En un papel negro extiende pintura amarilla aguada. Dale forma de fogata.

2. Con pintura roja aguada, añade algunas bandas onduladas a la fogata.

3. Mezcla las pinturas con los dedos para que parezcan llamas.

4. Arruga un trozo de papel y mójalo con pintura blanca. Da pequeños toques en el papel negro para representar el humo.

5. Pinta leños y trozos de madera de color negro. No te preocupes si se mezclan las pinturas.

6. Añade chispas de gran tamaño rociando tu pintura con el pincel. Esto es mejor que lo hagas al aire libre.

¿Qué tal si pintas… fuegos artificiales?

Pinta un cactus en el desierto

1. En una hoja de papel traza en la parte inferior ondas que representan la arena.

2. Con ayuda de un paño húmedo, extiende pintura para representar el cielo.

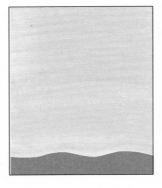

3. Traza franjas rojas que representan las nubes.

4. Moja con pintura la suela de goma de un zapato o bota. Estampa la suela en el papel.

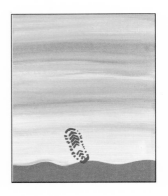

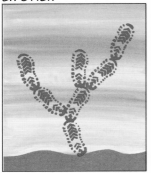

5. Imprime huellas superpuestas. Moja la suela cada vez que la estampes.

6. Con un pincel, añade flores rosas y un brillante sol.

7. Mójate los dedos de color naranja y estampa piedras.

Cactus

Pájaros

Flores

Algunos cactus del
desierto son más
altos que las
personas.

Piedras

Pinta un cuadro del cielo

1. Recorta formas de nubes en papeles que no utilices. Ponlas encima de una hoja de papel grueso.

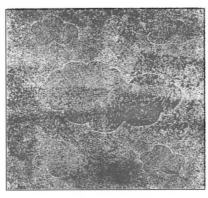

2. Con ayuda de una esponja húmeda, extiende pintura azul alrededor de todas las nubes y por el resto de la hoja.

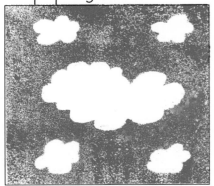

3. Cuando toda la hoja esté pintada de azul, retira suavemente las nubes.

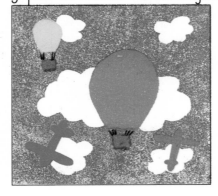

4. Pinta en el cielo varios globos aerostáticos. Añade aviones que realizan acrobacias aéreas.

5. Cuando la pintura de los aviones y globos esté seca, adórnalos con vivos estampados.

6. Con la ayuda de una esponja humedecida en pintura, añade el humo de los aviones.

¿Qué tal si pintas... el cielo con cometas?

53

Pinta ovejas en un campo

3. Enrolla hilo de algodón o lana en una vieja tarjeta de felicitación. No te preocupes si no queda bien enrollado. Cuando hayas cubierto toda la tarjeta, sujétala con cinta adhesiva y corta el hilo.

1. Dibuja los cuerpos de las ovejas y los corderos en papel sobrante y recórtalos.

2. Mójalos con agua, quita las gotas que chorrean y colócalos sobre tu cuadro.

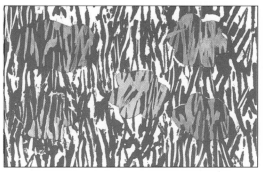

4. Pinta el hilo de una de las dos caras de color verde y presiona sobre el papel. Mójala cuando haga falta.

5. Retira suavemente los cuerpos de las ovejas. Píntales la cara y las patas con un pincel de punta fina.

6. Añade flores. Estámpalas con las yemas de los dedos.

 ¿Qué tal si pintas... conejos en una colina?

Pinta una cara

1. Pide a un adulto que corte una patata grande por la mitad.

2. Moja la patata en pintura por el corte y estampa una cara.

3. Prepara pintura aguada y echa un poco sobre la parte de arriba de la cara.

4. Para hacer el pelo, sopla sobre la pintura a través de una pajilla.

5. Añade los ojos con un dedo mojado en pintura.

6. Pinta la nariz y la boca.

Añade pelo largo y una corona si te apetece representar una princesa.

Ponle orejas salientes y boca redonda si quieres pintar un bebé.

¿Qué tal si pintas… varios animales, aprovechando la patata?

Para pintar un payaso, añade cabellos de color vivo, la nariz roja y un sombrero.

Además de pelo puedes añadir una barba enmarañada.

Prueba a añadir gafas divertidas o una pajarita.

57

Pinta un espantapájaros

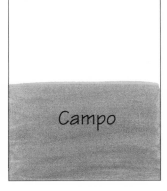

Cielo

Nubes

Campo

1. Moja un paño húmedo en pintura marrón y pinta más o menos la mitad de la hoja.

2. Con ayuda de otro paño húmedo, extiende pintura azul sobre el resto de la hoja.

3. Con ayuda de un paño húmedo limpio, retira parte de la pintura azul.

4. Espesa pintura amarilla con un poco de harina y pinta con los dedos hileras de maíz.

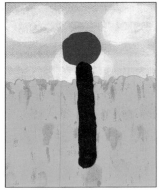

5. Utiliza pintura espesa y pinta con los dedos una cabeza redondeada. Añade el cuerpo.

6. Pinta con los dedos las prendas. Añade los ojos, la boca y la nariz con forma de zanahoria.

7. Moja el borde de un cartón en pintura amarilla y estampa el pelo de paja.

Pinta cerdos en un lecho de paja

Pinta varios cerdos con los dedos o con un pincel.

Estampa la paja con el borde de un cartón.

¿Qué tal si pintas… pájaros en un nido?

Pinta peces en una catarata

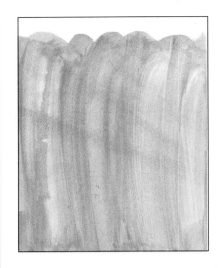

1. Con un paño húmedo, traza franjas azules en el papel.

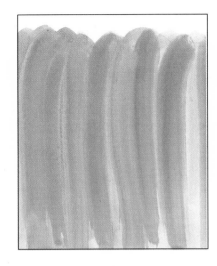

2. Añade de la misma forma varias franjas verdes.

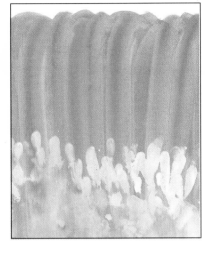

3. En la parte inferior del papel, estampa huellas de las manos con pintura blanca.

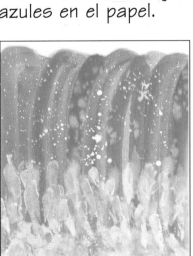

4. Con ayuda de un pincel, salpica pintura blanca para que parezca espuma.

5. En otro papel, pinta montones de peces de vivos colores.

6. Deja secar la pintura y decora los peces.

7. Recorta los peces y pégalos en la pintura de la catarata.

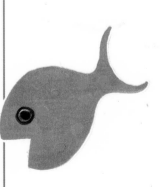

¿Qué tal si pintas… el fondo del mar y con las huellas de las manos las algas?

Pinta un estampado

1. Mezcla harina con dos pinturas de tonos diferentes hasta que quede muy espesa.

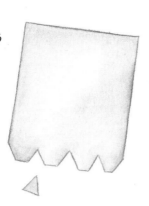

2. Corta por la mitad una postal vieja. Haz cortes en V a lo largo de uno de los bordes más cortos.

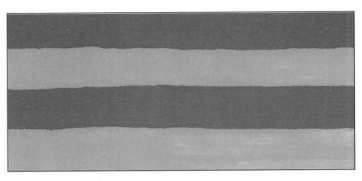

3. Elige una hoja grande de papel grueso y pinta varias franjas anchas con los dos tonos que has preparado.

4. Con el extremo recto de la postal traza dibujos en las franjas pintadas.

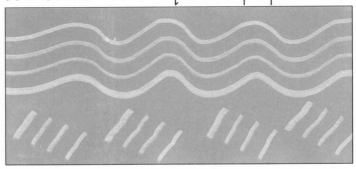

5. Con el extremo en zigzag de la postal añade estampados a las franjas. Traza unos rectos y otros ondulados.

La mariposa

1. Extiende una capa de pintura sobre un gran papel.

3. Dibuja media mariposa junto al pliegue. Sigue las líneas con el dedo apretando con fuerza.

2. Antes de que se seque, dóblala por la mitad, con el lado pintado hacia dentro.

4. Abre el papel.

Para cambiar un estampado, vuelve a pintar sobre él y empieza de nuevo.

Pinta otros estampados

1. Dobla por la mitad una hoja de papel de cocina y vuelve a plegarla.

2. Dóblala por la mitad dos veces más y presiona.

3. Humedece las esquinas en pintura aguada.

4. Coloca el papel de cocina plegado entre varias hojas de papel de periódico y presiona con un rodillo.

5. Saca el papel de cocina y extiéndelo con mucho cuidado.

Otras figuras

Pliega una hoja de papel de cocina en forma de triángulo y moja con pintura los lados o las esquinas.

Dobla la hoja y dale forma de rectángulo. Mójala en pintura.

¿Qué puedo crear?

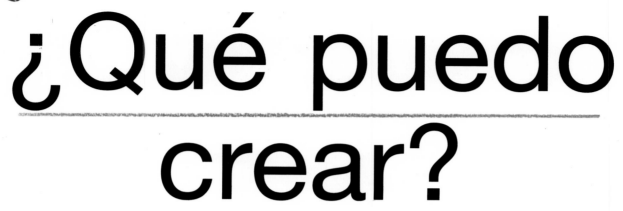

Índice

Haz un pájaro parlanchín

   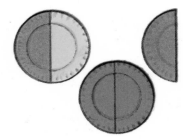 

Estos dos trozos no los necesitas

1. Dobla por la mitad tres platos de papel.

2. Corta uno de los platos por el doblez. Corta una tira de una de las mitades.

3. Con pintura roja, naranja y amarilla pinta los dos platos enteros y la mitad del tercero así.

4. Cuando esté seca la pintura, coloca los dos platos enteros como muestra la ilustración.

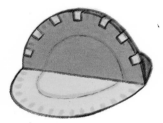 

5. Con cinta adhesiva, pega las partes naranja y roja siguiendo el borde.

6. Dale la vuelta y une la pieza naranja con la mitad roja.

7. Enrolla una tira de papel crespón y hazle muchos cortes con la tijera.

8. Pega el rollo de papel a la parte posterior del plato amarillo.

9. Haz unos ojos de papel y pégalos. Puedes utilizar botones para las pupilas.

En lugar de papel, puedes poner plumas de colores en la cabeza del pájaro.

10. Mete la mano en un calcetín y haz un agujero para sacar el pulgar.

11. Mete la mano en el pájaro. Ábrela y ciérrala para que hable.

Haz una cabeza que se bambolea

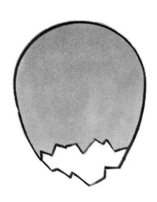

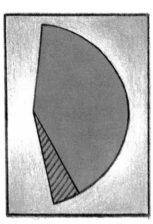

1. Pinta una cáscara de huevo limpia. Ponla a secar del revés. Amasa una bola de plastilina del tamaño de una canica.

2. Mójate el dedo y pásalo por un lado de la bola de plastilina. Pégala al fondo del huevo.

3. Corta lana y haz el pelo. Pégalos alrededor de la parte superior de la cáscara de huevo.

4. Extiende papel de calcar sobre la plantilla del sombrero de la página 96. Calca las líneas con cuidado.

Echa purpurina sobre gotitas de pegamento.

Píntale gafas y un sombrero de papel de regalo.

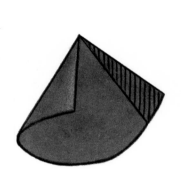

5. Con una barra de pegamento, adhiere el papel de calcar al papel brillante y recorta la figura.

6. Extiende pegamento en la parte sombreada de la plantilla. Pega los lados y presiona.

7. Extiende pegamento en el borde interior del sombrero y colócalo sobre el pelo.

8. Pinta la nariz y la boca sonriente. Marca el centro de los ojos con otro color.

Añade montones de adornos al sombrero.

Recorta una corona de papel brillante.

Haz un paracaídas

1. Recorta un lado de una bolsa de plástico y extiéndelo.

2. Pon este libro sobre la bolsa y marca el contorno con un lápiz.

3. Recorta el rectángulo marcado. Pliega el ángulo superior como la ilustración. Traza una línea.

4. Vuelve a extender el ángulo y corta a lo largo de la línea.

5. Con ayuda de un bolígrafo, haz un agujero en cada esquina.

6. Corta cuatro trozos de lana del largo del libro.

7. Pasa el hilo por los agujeros y anúdalo.

8. Haz lo mismo con las esquinas restantes.

9. Junta los cuatro hilos y anúdalos.

10. Pega el nudo a la espalda de un muñeco pequeño.

Sal y lanza el paracaídas. Arrúgalo, póntelo en la palma de la mano con el muñeco hacia arriba y arrójalo al aire.

Haz una serpiente peluda

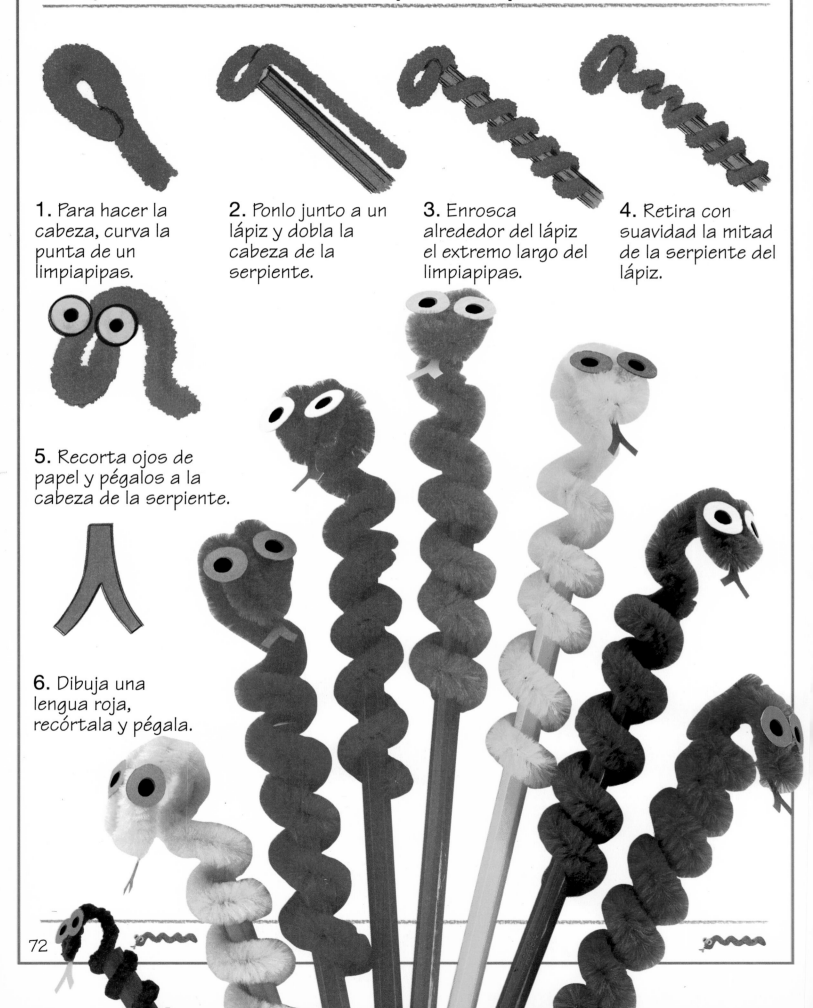

1. Para hacer la cabeza, curva la punta de un limpiapipas.

2. Ponlo junto a un lápiz y dobla la cabeza de la serpiente.

3. Enrosca alrededor del lápiz el extremo largo del limpiapipas.

4. Retira con suavidad la mitad de la serpiente del lápiz.

5. Recorta ojos de papel y pégalos a la cabeza de la serpiente.

6. Dibuja una lengua roja, recórtala y pégala.

Haz pulseras

1. Pega dos lápices con cinta adhesiva.

2. Pon dos limpiapipas uno al lado del otro y gíralos juntos por un extremo.

3. Pon los lápices entre los limpiapipas, junto al extremo girado.

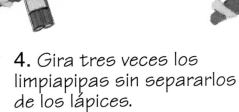

4. Gira tres veces los limpiapipas sin separarlos de los lápices.

5. Saca los lápices, vuelve a colocarlos entre los limpiapipas y gira otras tres veces.

6. Repite hasta llegar al otro extremo. Aplana los limpiapipas retorcidos.

7. Dóblalos en círculo y une los extremos.

Haz una máscara

1. Escoge papel grueso del tamaño de este libro. Dóblalo por la mitad uniendo los lados más cortos.

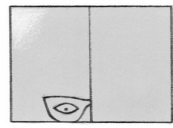

2. Pon unas gafas de sol en la parte inferior, centrándolas en el pliegue.

3. Sigue con un lápiz el contorno de las gafas. Dibuja un ojo y haz un agujero con el lápiz.

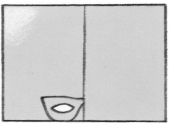

4. Introduce la tijera en el agujero. Corta hasta el borde del ojo y recorta el contorno.

Adhiere figuras y lentejuelas brillantes.

5. Vuelve a plegar el papel. Dibuja la figura del ojo en el papel de abajo.

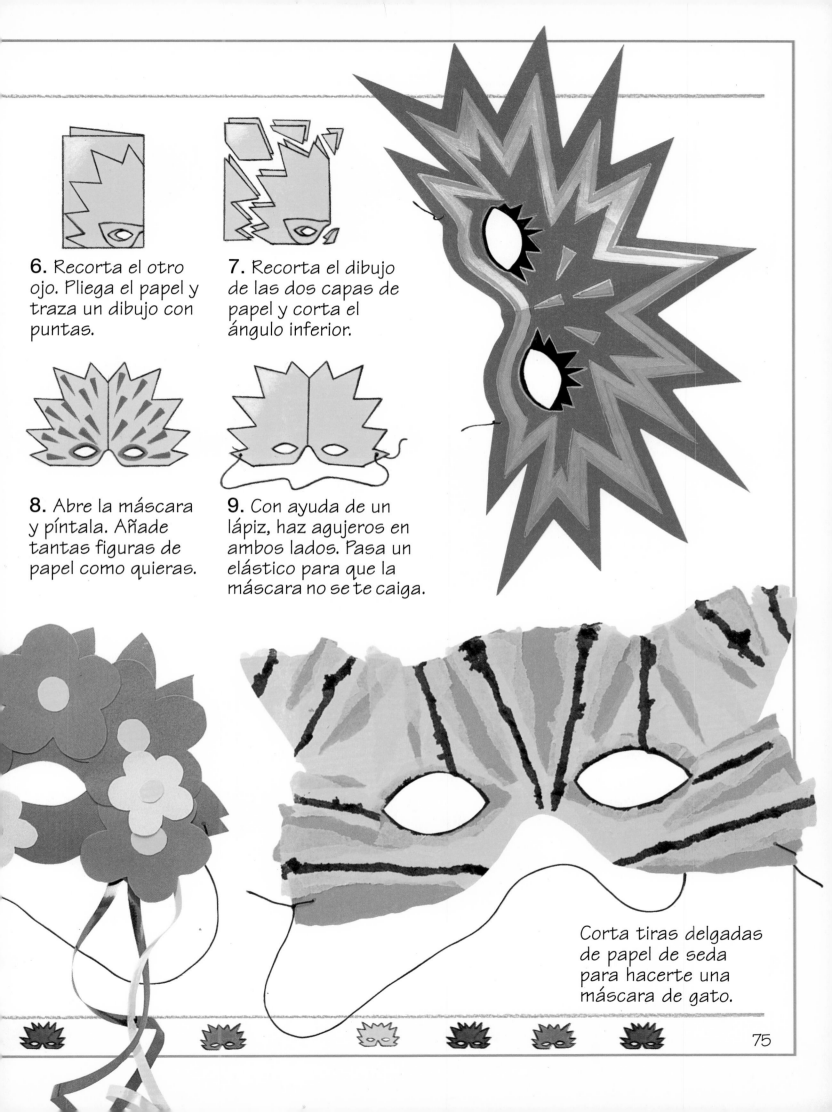

6. Recorta el otro ojo. Pliega el papel y traza un dibujo con puntas.

7. Recorta el dibujo de las dos capas de papel y corta el ángulo inferior.

8. Abre la máscara y píntala. Añade tantas figuras de papel como quieras.

9. Con ayuda de un lápiz, haz agujeros en ambos lados. Pasa un elástico para que la máscara no se te caiga.

Corta tiras delgadas de papel de seda para hacerte una máscara de gato.

Haz gente de verdura

 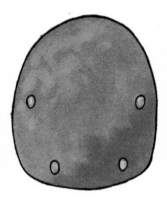  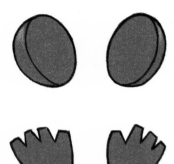

1. Lava y seca una patata grande. Corta un extremo para que se mantenga en pie.

2. Con un lápiz afilado, haz cuatro agujeros en la parte delantera de la patata.

3. Corta dos limpiapipas por la mitad e introduce cada trozo en un agujero.

4. Haz manos y pies con bolas pequeñas de plastilina.

5. Coloca las manos y los pies en los extremos de los limpiapipas.

6. Haz la cara añadiendo una nariz redonda y una boca sonriente.

7. Pon dos círculos para los ojos y añade círculos más pequeños para los centros.

8. Pasa plastilina por un colador, córtala con un cuchillo y adhiérela a la cabeza.

Un sombrero de flores

Bola de plastilina

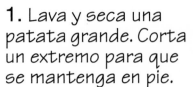

Tira de plastilina

Plastilina aplanada

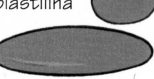

Coloca la bola sobre la plastilina aplanada. Prepara varias tiras para hacer las flores y adhiérelas al sombrero.

Un sombrero de copa

Rollo de plastilina

Círculo de plastilina

Añade la cinta del sombrero.

Un bolso

Bola de plastilina aplastada

Añade el asa.

Adhiere el cierre.

Puedes hacer
personas con
todo tipo de
verduras y frutas.

Haz figuras de pan

Estas figuras de pan sólo son adornos y no se comen.

1. Coge una rebanada de pan de molde. Pon encima un cortapastas grande y presiona.

2. Retira la figura con delicadeza.

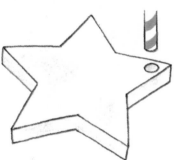

3. Haz un agujero introduciendo una pajilla en un extremo de la figura.

4. Colócala en una fuente de horno y déjala durante una noche para que se endurezca.

5. Mezcla pintura con cola o pegamento. Pinta los bordes de la figura.

6. Pinta la parte de arriba. Deja secar, dale la vuelta y pinta el otro lado.

7. Decora las figuras con purpurina, lentejuelas y cuentas.

8. Pasa un hilo por el agujero, junta los extremos y haz un lazo.

9. Pasa los extremos del hilo por el lazo y anuda.

Haz flores de papel

Una margarita

1. Dobla una hoja de papel de cocina por la mitad. Abre y corta a lo largo del pliegue.

2. Dobla uno de los trozos por la mitad a lo largo. El otro trozo no te hace falta.

3. Con un rotulador dibuja varias franjas en el papel.

4. Dobla este trozo por la mitad uniendo los lados cortos, y vuelve a doblar por la mitad.

5. Haz cortes largos desde abajo, pero sin llegar al otro lado.

6. Desdobla el trozo de papel con cuidado hasta que quede así.

7. Con cinta adhesiva pega uno de los extremos a una pajilla de las que se doblan. Enrosca firmemente la tira de papel.

8. Sujeta el extremo suelto con cinta adhesiva y abre los pétalos.

Con papel de seda te saldrán flores brillantes. Córtalo del mismo tamaño que una hoja de papel de cocina.

9. Recorta trozos pequeños de papel o hilo amarillo y pégalos al centro de la flor.

Otra flor

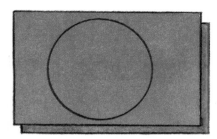

1. Coge dos hojas de papel de seda. Coloca en el centro un plato pequeño o un cuenco y traza el contorno con un lápiz.

2. Recorta el círculo de las dos hojas de papel de seda. Dóblalos por la mitad y vuélvelos a doblar.

3. Enróllalo y sujétalo con cinta adhesiva al extremo de una pajilla. Abre suavamente los pétalos.

4. Haz una bola de papel de seda y pégala en el centro.

Haz un pez

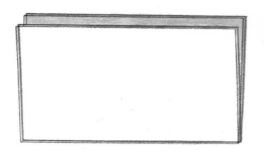

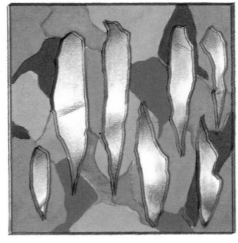

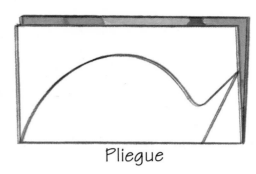

Pliegue

1. Dobla un trozo de papel por la mitad uniendo los lados largos. Extiéndelo. Vuelve a marcar el mismo pliegue.

2. Abre el papel. Corta tiras de papel de seda, pégalas y añade varias tiras de papel de aluminio.

3. Dobla el papel por la mitad y marca el pliegue. Dibuja la mitad de un pez gordo. Recórtalo.

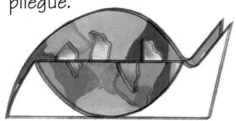

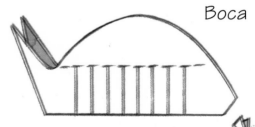

Boca

4. Dobla uno de los bordes superiores hasta que toque la parte inferior. Presiona hasta que quede bien plegado.

5. Dale la vuelta al pez y dobla el otro borde superior de la misma forma. Acuérdate de presionar para que se pliegue.

6. Despliega las partes de arriba. Recorta la boca. Haz cortes del ancho del dedo hasta el pliegue del medio.

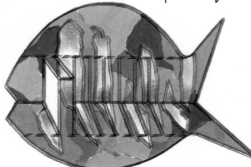

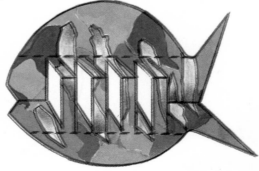

7. Entreabre el pez. Sujeta la cabeza y extrae la primera tira sin arrancarla. Presiona el pliegue del medio para que se mantenga erguida.

8. Deja como está la tira siguiente. Saca la próxima. Repite hasta llegar a la última. Marca bien todos los pliegues.

Utiliza hilo
de lana de
vivos colores
para colgar
tus peces.

Haz bebés de plastilina

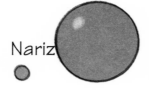

Nariz

1. Haz una bola de plastilina amarilla y otra rosa del mismo tamaño que estas dos. Mézclalas y amásalas.

2. Quita un trozo pequeño y forma una bola con el resto. Ponle la nariz.

3. Marca los ojos con un lápiz. Dibuja la boca con el extremo de una pajilla.

4. Haz una bola de este tamaño. Aplánala con un lápiz redondeado.

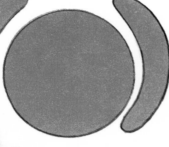

5. Pon una taza del revés, presiona y retira la plastilina sobrante.

6. Marca el borde con la punta del lápiz para que parezca de encaje. Dale la vuelta.

7. Pon la cabeza en el borde superior y haz una salchicha de plastilina para el cuerpo en el centro.

8. Envuelve un lado del cuerpo y coloca el otro encima.

9. Presiona con suavidad la manta alrededor de la cabeza y el cuello del bebé.

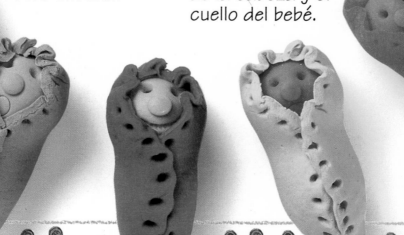

Haz un pulpo

1. Haz una salchicha de plastilina. Aplástala. Prepara dos bolas para los ojos y adhiérelos.

2. Marca el centro de cada ojo con el lápiz. Dibuja la boca con el mango de una cuchara.

3. Con la tijera corta ocho tentáculos y curva hacia arriba los tentáculos de los lados.

4. Con el extremo de una pajilla presiona los tentáculos y marca ventosas.

5. Haz algas con tiras de plastilina verde. Recorta peces de distintos colores.

Haz una fila de payasos

1. Pon papel de calcar sobre la plantilla del payaso de la página 96. Calca las líneas negras.

2. Calca las líneas rojas con un lápiz del mismo color y retira el papel de calcar.

3. Recorta con cuidado el contorno negro, pero no recortes el payaso.

4. Pega el papel de calcar en la esquina de una larga hoja apaisada de papel resistente.

5. Pliega el papel. Dobla de modo que el payaso quede hacia delante y marca el borde.

6. Vuelve a plegar el papel y márcalo para que el payaso quede hacia delante.

7. Dale la vuelta. Vuelve a plegarlo hacia delante. Recorta el papel sobrante de la parte superior y el costado.

8. Corta el payaso siguiendo las líneas rojas, sin recortar las líneas negras de los bordes.

9. Extiende los payasos de forma que el papel de calcar quede detrás. Dibuja los sombreros.

10. Dibuja las caras de los payasos y adorna las ropas con pintura o rotuladores.

Haz una corona

1. Corta una tira de papel resistente que sea un poco más larga que el contorno de la cabeza.

2. Forra la tira con papel de aluminio. Asegura los bordes con cinta adhesiva.

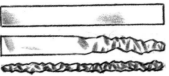

3. Corta cuatro trozos largos de papel de aluminio y forma palitos delgados.

4. Dobla uno de los palos por la mitad y pégalo en el centro de la tira por detrás.

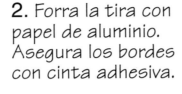

5. Acorta un poco dos de los palos de aluminio. Dóblalos y pégalos a cada lado del anterior.

6. Corta el cuarto palo por la mitad y dobla cada trozo. Pégalos a los extremos de la banda.

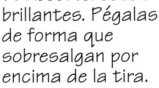

7. Recorta cosas brillantes. Pégalas de forma que sobresalgan por encima de la tira.

Si quieres una corona de hielo, utliza sólo papel azul y plateado.

8. Dale la vuelta a la tira y pégale trocitos de papel brillante.

Haz una corona más pequeña para una bailarina.

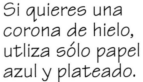

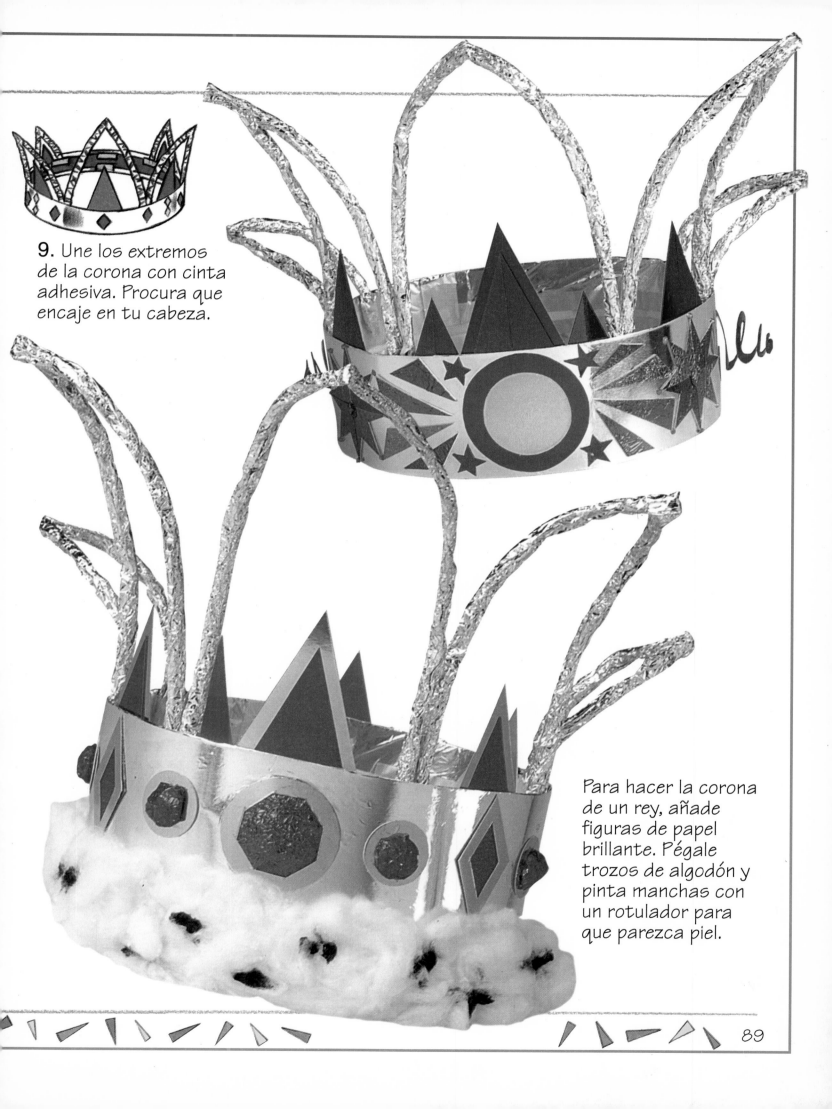

9. Une los extremos de la corona con cinta adhesiva. Procura que encaje en tu cabeza.

Para hacer la corona de un rey, añade figuras de papel brillante. Pégale trozos de algodón y pinta manchas con un rotulador para que parezca piel.

Haz una tarjeta de encaje

1. Dibuja varias hojas, flores y corazones en una hoja de papel blanco grueso.

2. Enrolla cinta aislante en el extremo de una aguja de zurcir hasta formar un mango. Coloca varias hojas de papel de cocina sobre un periódico doblado y pon encima el dibujo.

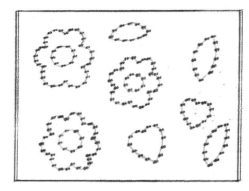

3. Utiliza la aguja para perforar el contorno de los dibujos. Tendrás que apretar con fuerza.

4. Recorta las figuras con mucho cuidado, dejando un estrecho borde alrededor de las perforaciones.

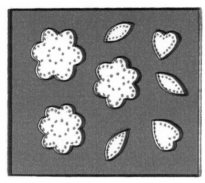

5. Aplica pegamento de barra en el lado dibujado de cada figura y adhiérelas con delicadeza a una cartulina.

6. Para hacer la tarjeta, pega la cartulina a un trozo algo más grande de cartulina plegada.

Haz sellos

Dibuja un sello y perfora el borde. Rásgalo con cuidado siguiendo las perforaciones.

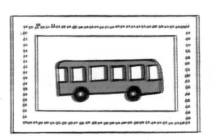

Puedes hacer las
figuras con papel de
colores.

Perfora una línea
ondulada alrededor de
la figura, recorta y no
te olvides de dejar un
borde fino.

Haz una oruga

  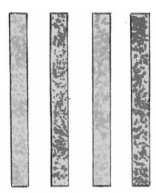

1. Coloca este libro sobre un trozo de papel de color. Dibuja con lápiz el contorno y recorta.

2. Corta el papel a lo largo por la mitad. Pinta de diferentes colores las dos caras de uno de los trozos.

Este trozo no te hace falta.

3. Dobla el papel por la mitad dos veces, extiéndelo y corta cuatro tiras siguiendo los pliegues.

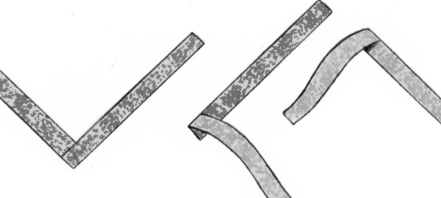 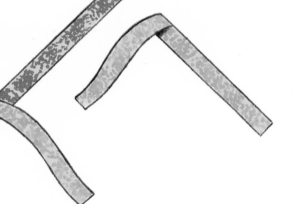 

4. Pon pegamento en el extremo de una tira y pégala al extremo de otra.

5. Dobla la tira de la izquierda sobre la otra y marca el pliegue. Dobla la de la derecha encima de la primera.

6. Cruza las dos tiras hasta formar una especie de acordeón.

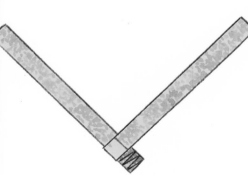  

7. Al llegar al final de las tiras, pega las otras y sigue plegando.

8. Cuando termines de plegar, pega el extremo que ha quedado arriba. Recorta las puntas y añade los ojos, las antenas y la cola.

9. Con cinta adhesiva, sujeta un elástico detrás de la cabeza y otro en la cola. Ata la oruga a una pajilla.

Haz un broche

1. Pon papel de calcar encima de la plantilla del cerdo de la página 96. Dibuja a lápiz la silueta.

2. Apila dos trozos de paño, coloca encima la plantilla de papel de calcar y sujeta con alfileres.

3. Recorta la figura. Pide ayuda para las partes difíciles. Quita los alfileres.

4. Corta la cola de uno de los cerdos. Calca la oreja de cerdo de la página 96 y recórtala en paño.

5. Sujeta los dos cerdos con alfileres. Cóselos con puntadas largas y quita los alfileres.

6. Cose el borde con puntadas pequeñas y deja una abertura en la parte inferior.

Dibuja rayas con un bolígrafo.

Adhiere a tu broche cuentas y lentejuelas.

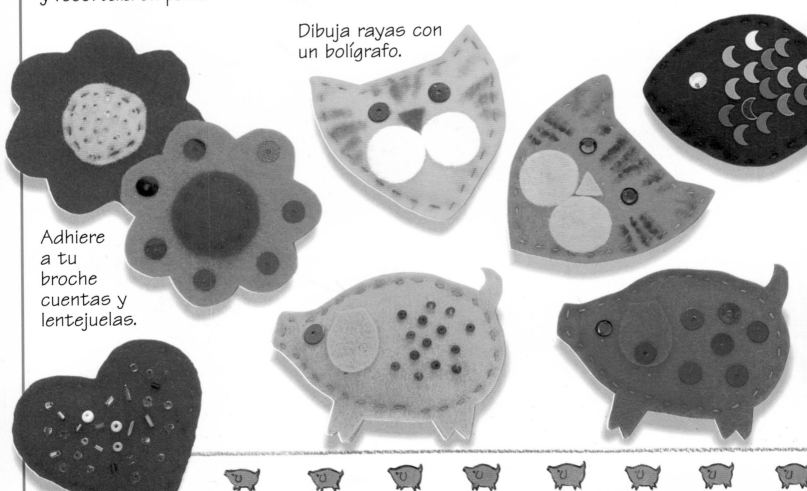

7. Quita las puntadas largas e introduce un poco de algodón por la abertura para el relleno.

8. Cose la abertura, adhiere la oreja con pegamento y dibuja el ojo con un rotulador.

9. Dale la vuelta al cerdo y cose un imperdible en la parte posterior del broche.

Las plantillas para los restantes broches que aparecen aquí figuran en la página 96.

Plantillas

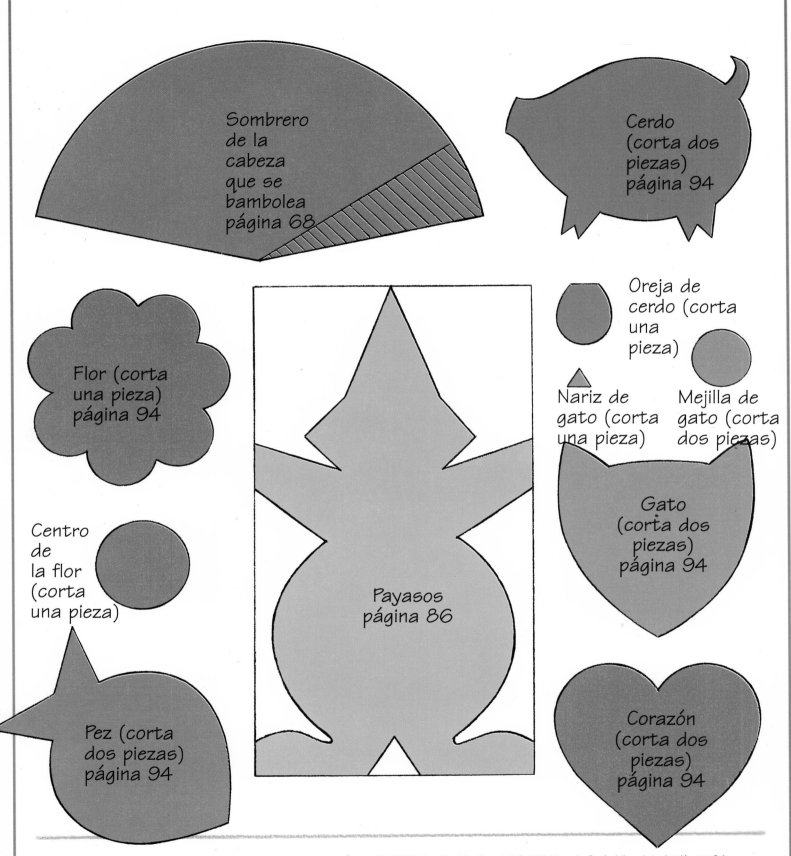

Sombrero de la cabeza que se bambolea página 68

Cerdo (corta dos piezas) página 94

Flor (corta una pieza) página 94

Oreja de cerdo (corta una pieza)

Nariz de gato (corta una pieza)

Mejilla de gato (corta dos piezas)

Centro de la flor (corta una pieza)

Payasos página 86

Gato (corta dos piezas) página 94

Pez (corta dos piezas) página 94

Corazón (corta dos piezas) página 94